名家校园儿童文学丛书

谁是木偶人

戴 臻 / 著　　上尚印像 / 绘

吉林美术出版社　吉林出版集团股份有限公司

图书在版编目（CIP）数据

谁是木偶人 / 戴臻著 ；上尚印像绘. — 长春 ：
吉林美术出版社，2021.6
（名家校园儿童文学丛书 / 戴达主编）
ISBN 978-7-5575-6607-4

Ⅰ. ①谁… Ⅱ. ①戴… ②上… Ⅲ. ①童话－作品集
－中国－当代 Ⅳ. ①I287.7

中国版本图书馆CIP数据核字(2021)第111061号

MINGJIA XIAOYUAN ERTONG WENXUE CONGSHU · SHEI SHI MU'OUREN

名家校园儿童文学丛书·谁是木偶人

主　　编　戴　达
作　　者　戴　臻
出 版 人　赵国强
选题策划　李　丹
责任编辑　邱婷婷　李　丹　孙　婷　李　冬
绘　　者　上尚印像
封面设计　上尚印像
营销总监　鲁　琦
开　　本　880mm × 1230mm　1/24
字　　数　80千字
印　　张　6
印　　数　1—10000册
版　　次　2021年6月第1版
印　　次　2021年6月第1次印刷

出　　版　吉林美术出版社
　　　　　吉林出版集团股份有限公司
发　　行　吉林出版集团青少年书刊发行有限公司
地　　址　长春市福祉大路5788号
邮政编码　130118
网　　址　www.jlmspress.com
印　　刷　吉林省金昇印务有限公司

ISBN 978-7-5575-6607-4　　定价：26.80元

优美的童话，献给校园里的你

你是青青草地，红蜻蜓停停飞飞。

你是星星，游入银河仰泳。

你是迎春，花香鹅黄鹅黄。

你是萤火虫，闪烁夏夜的眼睛。

你是从春天的窝巢飞出的雏燕，奶声奶气的啼鸣唱绿依依杨柳。

你是小时候的太阳，喜欢闪入老虎的眼睛，和老虎一起在荒野奔跑（嘿嘿，有时你也会“狐假虎威”）。

你是天外来客，如同白色的蜜蜂降临冬日；你不知道你最初见到的大地，洁白一望无垠，那是你吐出的白色的蜜呀，覆盖寒冷。

你是人间初来者，你打量世界的目光稚嫩、羞涩、好奇，然而又是那么新鲜、天真、明澈！

年少的你，童心烂漫的身影活跃在美丽的校园，像一只百灵鸟，唱亮校园的每一个书声琅琅的早晨。

特别的你需要特别的精神食粮。

儿童文学是不可或缺的一份精神食粮。

童话是儿童文学中极受欢迎的文学样式。

优美的童话里蕴藏着令儿童迷恋的“魔术”，它们由勇敢、诚实、善良、执着、悲悯、坚忍等字眼汇聚而成，字里行间奔流着道义、情感、智慧和美的力量。它们如春雨润物细无声般沁入儿童的心田，成为一种成长的力量，岁岁年年，为塑造高尚的灵魂奠基，为培育良好的人性基础培土。

你站在花团锦簇的校园，青葱岁月像一条河，流过你的身旁。

我们站在岸边，放入由中国当代实力作家用他们的童话力作倾心折叠的一只只纸船，驶往你瞻望的审美视野。

近了，近了，校园的你呀，可曾看到每一只纸船都挂着一叶红帆——那是携带希望、祝福和勃勃生机的红帆哪！

戴达

目 录

侦探小说家和小偷

“你们想想，这个惊险故事整整有100集！”侦探小说家“半杯酒”先生拍着老朋友们的肩膀说，“那个神通广大的小偷最后因为喝多了酒，恰巧醉倒在警察局的大门口，这才被五六个身材魁梧的警察牢牢按住，捆上六七十根粗绳子，塞进一个大口袋里。坐牢？当然啦。如果大伙儿觉得还不过瘾（yǐn），鄙人就让小偷挖个洞逃出来，再写续集、续续集，把世界闹个天翻地覆。哈哈，那才叫带劲呢！”

大名鼎鼎的《“吓死你”侦探小说报》的老板敏锐

地觉察到，一部伟大的侦探小说就要诞生了。他马上和“半杯酒”先生签订了合同，说好从下星期一开始，“半杯酒”先生必须每天在报上登载一集故事。如果读者的反应如预料的那么热烈，“半杯酒”先生就能得到丰厚的报酬。

“半杯酒”先生便坐下来写小说。他摊开稿纸，又斟了半杯酒放在一边。这位红脸膛、秃脑门的小老头在写作时如果不喝点儿酒，脑子里就会一片空白。不过他每次只喝半杯。他呷(xiā)了一小口酒，顿觉精神焕发，灵感像

爆米花那样炸开来：

> 第1集，……一家高级宾馆里，小偷正在作案，猛然间警铃大作，保卫人员马上封锁了所有的通道，向这个房间包围过来。危急中，小偷推开窗，才发觉自己正站在第16层楼的窗台上，身后响起了惊天动地的砸门声……

“够惊险的了！”“半杯酒”先生长长地舒了口气，脸膛红得发亮。不过他对故事的开头还不太满意。小偷是如何进入这家戒备森严的宾馆的呢？混进参加宴会的人群？像野猫一样跳墙而入？这些都是老套套了。“半杯酒”先生慢慢端起酒杯，想给大脑加点儿“润滑油”。咦，怎么酒没了？大概什么时候糊里糊涂喝掉了。他摇摇头，到酒柜前又倒了半杯，一边看刚才写到哪儿了，一边将酒杯凑上嘴唇。怎么，又是空的？！“半杯酒”先生惊讶地将酒杯翻了个底朝天，确实一滴酒也没有。奇怪的是，面前那张稿纸却散发出一股淡淡的酒香！

“有鬼！”“半杯酒”先生脊梁嗖的一阵透凉，牙齿嘚嘚地打起了架，眼睛也吓得闭上了。这位先生平时虽然尽想些稀奇古怪的事儿，可真碰上了比谁都害怕。忽听呼啦一声，他战战兢（jīng）兢地睁开眼，桌上多了一张纸，上面歪歪斜斜地写着：

尊敬的小说家先生：

打搅您了！我就是您笔下的那个小偷，所以跟您有那么点儿关系，爱喝点儿酒，想必您也不会大惊小怪吧？老实说，我不过是想帮您点儿忙罢了。您瞧，我这副土里土气的样子，没等我挨近宾馆的大门，就得让人家撵走了。您干吗不让我穿上一身西装，说几句乱七八糟的外国话，大摇大摆地往里走，不就什么事都没了？希望我们在今后的99集故事中，能合作得很好。

您的小偷

“半杯酒”先生的舌头在嘴外待了大约半分钟，他好不容易才缓过神来。最后他不得不承认这是个绝妙的主意，妙就妙在以后连案子都破不了——谁也不会怀疑到外国人头上去。

第二天早上，“半杯酒”先生看见桌上摆着一瓶他最喜欢喝的名酒，微微泛着可爱的绿光，瓶上的商标竟然就是故事里那家高级宾馆的！酒瓶底下压着张纸条，上写四个大字：有福共享。

第一集故事大获成功，巧妙的开头令人拍案叫绝。小偷在宾馆脱险的场面更是令一些读者心脏病都发作了。那些摆水果摊的小贩立刻争先恐后开起了药店。《“吓死你”侦探小说报》发了一大笔财，“半杯酒”先生也满心欢喜，他又连着写了好几集小偷光临高级宾馆的故事。自然，他从此就用不着自个儿掏钱买酒喝了。

不过读者很快不满意起来，因为老是看小偷在宾馆里出出进进，也就不觉得紧张了。

“这样下去可不行！”报社老板见报纸发行量急剧下降，马上提出了警告。

“伙计，没奈何，只得让你吃点儿苦头了。”“半杯酒”

先生对书桌上那沓稿纸说，他想那位同伴一定听得见他的话。

一个月黑风高之夜，小偷潜入一家冰库，躲进一个冰柜里，伺机行动。不料巡夜人随手将冰柜锁上了，冰柜里的气温是3摄氏度！里面放的是一批急救药品，灾区等着急用。外面空地上，负责运送的直升机的螺旋桨已经在转动了，只等办事人员拿着提货单去盖几个公章就提货出发。小偷便打算趁搬运药品的混乱当口儿脱险……

“半杯酒”先生写完后便倒头熟睡。半夜，他被冻醒了，发觉自己身上的鸭绒被不见了。拧亮灯，衣架上的貂（diāo）皮大衣、狗皮裤子、羊皮围巾全都不知去向。

他知道出了事，三步并两步地冲到书桌前，果然见到了小偷的“抗议书”：

先生：

太不像话了，竟然让你的朋友待在冰柜里挨冻，阿嚏！——盖几个公章那么容易？圆的、扁的、长的、方的、红的、蓝的，要到猴年马月才完？要不是我考虑到咱俩的友谊，早就钻进你的被窝里了。阿——嚏！

你的伤风的伤心的小偷

“阿嚏！”“半杯酒”先生也伤风了。他抹了抹通红的鼻子，觉得怪对不起小偷的。怎么这种司空见惯的现象都忽视了？这对一个侦探小说家来说，是个不可饶恕的错误！

“真对不起，都怪我考虑不周。”“半杯酒”先生瓮声瓮气地连声道歉，“你先待上三天三夜，怎么样？反正你现在比我暖和多了。以后我就让那儿停电，或者地震。放心吧，不会让你待上一辈子的。我们的故事还没完呢。”

从此，“半杯酒”先生总想弥补自己这一过失，对小偷的照顾到了无微不至的程度。在以后的几集故事里，他让小偷美美地吃了几顿蟹宴。如果是在冬天或者夏天，就让他到有空调的房间去干“好”事。小偷抱怨他所有的关节都冻出了毛病，“半杯酒”先生又让他到著名的温泉去疗养一个星期。自然，那儿的失窃率也就达到了历史的最高峰。

故事实在太生动了。你只要看到大街上所有的人都紧紧捂着口袋走路，就知道小偷的形象是多么深入人心。

知道小偷准备出国的消息是在故事进行到第78集的时候。“半杯酒”先生在出国申请报告上批了“同意”两个字。至于护照和飞机票，“半杯酒”先生动动笔头就办妥了。

读者们以极大的兴趣关注着。

小偷在国外也充分发挥了他的天才。他一手制造的巴黎圣母院圣像失窃案、埃菲尔铁塔倒卖案，震惊了全世界，弄得世界第一流的警察局局长走马灯似的换。小偷没忘记他在国内的老朋友，常捎些酒哇、香水呀、夹肉面包哇等东西来。“如果我的故乡也像伦敦那样终年笼罩着可爱的粉红色的大雾，我真想马上回来呢。”小偷有一回在信上这样写道。

“半杯酒”先生似乎觉察到了一丝不祥之兆，马上在报上醒目地发表了一则预告：从下一集起，我们的英雄将凯旋，继续他在国内的冒险生涯。

当天，邮递员送来了一份从华盛顿拍来的电报：

> 密斯脱“半杯酒”：
>
> 我不想回国，您还是另请高明吧。感谢您给我带来的那些快乐的日子，拜拜！
>
> 您的过去的小偷

“怎么，想和我散伙了？”“半酒杯”先生很生气，“难道让我去对大伙儿说，小偷因故请假，故事另换角色？”不过他觉得还是不和小偷闹翻的好，他还想让小偷带回些免税的彩电、摄像机什么的呢。

“是不是又在什么地方出了差错？——唔，大概他以为我会让他坐三等舱从海上颠回来吧？见鬼！他会晕船的！”“半杯酒”先生马上到邮局拟了份电报，发往华盛顿小偷的住处——这地方还是他给安排的呢。

你坐那列著名的东方快车回来，最好的软席。车上你将大捞一把，差点儿让那些富翁在一夜间变成乞丐……

“半杯酒”先生放心地写了

一集比《东方快车谋杀案》更加惊心动魄的故事，寄到《“吓死你”侦探小说报》。

“怎么回事，先生？”没多久，电话里传来报社老板气急败坏的声音，“你寄来的什么玩意儿？一沓白纸！哼！”

“该死的小偷！”“半杯酒”先生挥着拳头咆哮起来，“你以为自己了不起了是不是？你以为可以不要我了是不是？你这忘恩负义的贼、扒手、山寇（kòu）、海盗、江洋大盗、鸡鸣狗盗……”直骂得天昏地暗，他才想起得马上赶一篇故事。

一提笔，“半杯酒”先生心情大为舒畅：“嘿嘿，笔在我手里，我要怎么写就怎么写。我让你跳河，你就得跳；我让你吃癞蛤蟆，你就得吃。”他将半杯酒一饮而尽，抓过稿纸就写：

在一次意外事件中，小偷成了一个精神病大夫的病人。小偷稍有违抗，大夫就用电棒教训他。小偷在大夫手中大吃苦头……

幸灾乐祸的“半杯酒”先生忍不住捂嘴大笑起来，他决定让小偷在疯人院里至少待上10集。“当然，如果他的精神经过治疗从此变得正常一些，老老实实向我讨饶的话，‘刑期’是可以考虑的。”

他刚放下笔，报社老板一阵风似的闯了进来，他是来讨稿子的。

“半杯酒”先生得意地朝桌上瞥（piē）了一眼，脸就唰地白了：小偷的纸条！

报社老板眼明手快，上前抢过纸条就读：

> 先生：
>
> 你以为我真的会喜欢上疯人院吗？笑话！那位什么大夫，我略施小技，便叫他乖乖地脱下白大褂滚蛋了——我偷了他的文凭！你知道他没文凭还能干啥？所以我劝你也别和我作对，否则不会有好结果的。
>
> 一个神通广大的人

报社老板脸上一片疑云。

“这是……这是小说的一部分素材。”“半杯酒”先生吞吞吐吐地解释，翻了翻那沓白纸，“您先回……回去，我马上把您送到稿子那儿去，不，把稿子送到您那儿去。”

“我就坐在这儿等你写出来！”报社老板斩钉截铁地说。

“好吧！”“半杯酒”先生恶狠狠地把满满一杯酒一口灌将下去，撸起袖子，牙齿咬得嘎嘎响。

小偷遭警察追捕，仓皇逃进一个山洞。忽然，一只猛虎，不，两只猛虎，不，三只斑斓猛虎张着血盆大口一起扑上来。小偷已经没有退路，哆嗦着靠在洞壁上，脸上充满了恐惧……

“好一个悲剧性结尾！”报社老板号叫起来，“够刺激！”

“半杯酒”先生这回学了乖，小心翼翼地将稿子密封在一只大信袋里，紧紧捏着，亲自护送到报社去，生怕狡猾的小偷半路上再做手脚。等到故事开始印刷了，他才放心地离开。“唉——小偷哇小偷，别怪我手段如此歹毒，这都是你自己惹出的杀身之祸呀！”

走着走着，“半杯酒”先生见报亭里已经在出售这期报纸了，连忙买了一份，欣赏起那个令他扬眉吐气的结尾来：

> ……三只猛虎张牙舞爪地扑将上去，尖硬的胡须已经扎着小偷的脸了！只见小偷不慌不忙地从口袋里掏出一大把钞票，晃了晃。老虎见了气焰顿消，竟然恭恭敬敬地作揖道：“原来是财神爷驾到，恕罪恕罪！”接下钱，摇头摆尾地送小偷出洞去了。

“半杯酒”先生气得半死，一把将报纸撕得粉碎，发誓再也不写侦探小说了。

侦探小说家和警察局局长

东方大都市警察局的安安局长发着牢骚说：“一个没有伟大人物出现的民族是不幸的，而有了伟大的人物却不知道尊重的民族更是可悲的！”说着将满满的一杯酒一饮而尽。他的对面，坐着他的老朋友——侦探小说家“半杯酒”先生。

“你老兄运气也太差了！”“半杯酒”先生端起桌上的半杯酒，呷了一口。虽然他现在不写侦探小说了，但仍然改不了每次只喝半杯的习惯。“如今的这些小偷，简直都是酒囊（náng）饭袋，只会翻墙打洞、撬锁行骗，

手段平庸得连三岁的娃娃都能看破。这么一来，谁还会知道你这个当代最伟大的破案专家呢？”

“是呀是呀！”安安局长用手指敲着桌面，情绪十分激动，“英雄无用武之地，今天我才算明白了！”

又是一大杯酒灌下肚，安安局长的两颊微微红了。他把脸凑到“半杯酒”先生的鼻子底下：“哎，你那个……小偷，现在何处？”

“你问他干啥？”

安安局长问的那个小偷，原来是“半杯酒”先生笔下的一个神偷，这家伙居然从故事里跑出来，在世界各地到处制造“大窃案”。最后和“半杯酒”先生也作起对来。叫他朝东，他偏朝西，把“半杯酒”先生弄得狼狈不堪，气得他发誓再也不写侦探小说了。

“难道你想……”“半杯酒”先生吃惊得差点儿没被刚喝进去的那口酒给噎（yē）住。

“不错，我想单独会一会这位神偷先生！”安安局长借着酒劲，摩拳擦掌地说，“如果我把这家伙制伏了，就能一举成名了嘛！”

“不过，”“半杯酒”先生担心地说，“这家伙鬼得很呢！”

“太好了！他越鬼，就越显出本局长的本领高强。”

安安局长拍拍“半杯酒”的肩膀说，“你老兄就瞧着吧，你报仇雪耻的日子就要到了！”

“好！”“半杯酒”先生早盼着哪一天能出出心里的闷气呢！“来，咱们这就写‘第1集’！”

“半杯酒”先生掏出笔，在一张皱巴巴的面包纸上唰唰唰唰地写起来——

> 警灯闪烁、警笛长鸣，警车里坐着智勇双全的警察局局长。他手持无线电话，腰插百发百中的小手枪。大盗小偷纷纷闻风丧胆，抱头鼠窜……

“真有你的，老兄！写得实在太妙了！”安安局长看得眉飞色舞。

第二天天没亮，安安局长就驱动警车，在东方大都市的马路上飞驰。车到市中心繁华地段，天已大亮。安安局长便威风凛凛地拉响了警笛。行人们纷纷躲避，挤在路旁观看。安安局长正在得意，一位新闻记者手持照相机跑上前来。他先对着安安局长和他的车“咔嚓”了一下，然后很有礼貌地问：“对不起，局长先生，请问您今天为什么驾驶一辆音乐喷水车执行任务？”

安安局长咚地跳下车，准备让那位记者知道这玩笑是不能随便开的。他刚走到车头，便像被谁用魔法定住了身子，只有上下嘴唇在不住地颤抖：他驾驶的真是一辆花花绿绿的喷水车！

“是谁搞的鬼？嗯？是谁把我的车换了？！”安安局长气得鼻子都歪到一边去了。他把手伸进车窗，猛拉警笛，响起的却是一阵叮咚悦耳的音乐声。车上喷出的水帘将他洒了一头一脸。在人们的笑声中，安安局长只好弃车而去。

“这就是那个小偷的杰作！”“半杯酒”先生神情

忧郁地说。

“杰作？”安安局长咬牙切齿地把拳头舞得呼呼响，“好戏还没开始呢，我倒要看看，究竟是谁栽在谁的手里！”

干杯！又一集故事在一片浓浓的酒气中诞生了——

小偷要在一夜间将96层高的东方大酒店整个儿偷走；警察局局长神机妙算，守株待兔……

当晚，安安局长便躲在东方大酒店的第96层楼上的909号房间里，专候小偷光临。为了保险起见，他特意将自己的一条腿用绳子拴在床脚上，还连打了三个死结。

“要想把这么高的一幢楼连同本局长一起偷走，哼，这样的小偷，恐怕还没生出来呢！”

太阳升起的时候，安安局长醒了。他扯扯腿，腿还牢牢地拴着。“哈，小偷到底没敢来！”

不过他马上呆若木鸡了。他发现自己躺在一片空旷的荒地上，四面是一堆堆破砖残瓦，东方大酒店不见了！他的腿拴在一根木棍上——上面打了三个死结。

安安局长跳了起来，一眨眼又结结实实地摔倒在地，

他忘了腿还在木棍上拴着呢。他急得哇啦哇啦大叫："抓小偷！快来抓小偷！"

没人跑来抓小偷，因为这儿没有一个人，而且，连一座房子也看不到——整个东方大都市都无影无踪了！安安局长只好用小刀割断绳子，独个儿在荒地上溜达起来。

"真是不可思议！难道这小偷会魔法？竟能把一座城市偷走，本局长却一点儿没察觉？这太过分了，至少也得给我留下一家餐厅！"安安局长的肚子饿得咕咕叫。

安安局长骂骂咧咧地走了半天，总算碰上了一座城市。他仔细一看，不由得喜出望外："东方大都市！原来小偷把它搬到这儿来了！小偷哇小偷，不管你把赃（zāng）物藏在哪里，本局长都能找到。"

他匆匆赶到城市，见许多人围着一张纸在看。这是一份寻人启事，上面写着：

寻找警察局局长一名，男，53岁，于昨晚在本市东方大酒店失踪……

“原来是我给小偷偷了！”安安局长气得两眼冒火，正想上前把寻人启事撕个粉碎，不料，后领却给人一把揪住了。

“老兄，你在这儿？找得我好苦哇！”

是“半杯酒”先生。安安局长的脸涨得通红，嘴巴嚅（rú）动了半天，才憋出一句话来：“我……我昨晚追小偷去了。喀……”

在以后的几天里，“半杯酒”先生和安安局长又同小偷较量了好几次，结果都莫名其妙地以惨败告终。

明明应该是小偷躲在吊扇上，伺机行窃，可当屋外的警察一接通电源，在飞转的电风扇叶片上痛苦地呻吟着的却成了安安局长本人！

好不容易设了一个瓮（wèng）中捉鳖（biē）的妙计，从一只在河里浸了半分钟的布袋里爬出来的却是口吐白沫的“半杯酒”先生……

“好了，这场戏该结束了！”两位恼羞成怒的先生密谋了一夜，喝光了十五瓶半啤酒，决定让小偷出洋相后，当场将他擒获，并立即判处无期徒刑。

这天，东方大都市几乎所有的记者包括电视台的摄像师都来到了东方大酒店的宴会厅，安安局长要在这儿召开一个新闻发布会。

“女士们，先生们，晚上好！”安安局长神采奕（yì）奕，红光满面，他的一旁坐着同样兴高采烈的“半杯酒”先生。

“几年来，我们城市的上空，笼罩着一片可怕的阴影。一个小偷，一个心狠手辣的窃贼，竟然将我们这座美丽的城市搅得人心惶惶，不得安宁！现在，在本局长和我们的老朋友‘半杯酒’先生的共同努力下，我宣布，这个小偷今天就要落网了！”

记者席上一阵骚动。

安安局长举起双手，示意大家安静。“不过，在正式将他捉拿归案前，我们先来玩个有趣的游戏。”安安局长故作神秘地压低嗓音，“现在，请各位把帽子摘下来！”

话音刚落，一群荷枪实弹的警察冲了进去，将记者席围了个水泄不通。原来，这就是“半杯酒”先生和安安局长设下的陷阱：先把小偷剃个光头，然后让他假扮成记者混进新闻发布会会场。

“把帽子摘下来，大家一起摘！”安安局长大声命令，“谁是光头，谁就是那个小偷！”

一顶顶帽子被摘下来了，奇怪的是没一个光头。“一定是有人戴假发套！”安安局长尖叫起来。记者们疑惑

地向台上望去——咦，光头？两个光头？安安局长和“半杯酒”先生的脑袋上光溜溜的，活像两只可爱的皮球！

半明半暗的小酒店里，“半杯酒”先生和安安局长神情沮丧地喝着酒。

“我真傻。”安安局长拍着脑袋，懊丧地说，“其实，小偷没本事，手到便能擒来，我不就能一直安安稳稳、舒舒服服地做我的局长了？”

“老兄此言极是。”“半杯酒”先生无限感慨地说，“如果我笔下的小偷都是些手脚迟钝、毫无灵性的家伙，也就不会有人来找麻烦，我也就能太太平平地写我的侦探小说了。”

“半杯酒”先生就真的这样写起侦探小说来。虽然在他的小说里，奇事不奇，险情不险，倒也赚了不少钱。

安安局长成了家喻户晓的英雄人物，因为他平均一个晚上要抓三回小偷。最后，连东方大都市的贼王仅用三秒钟就打开一把门锁时，仍遭到安安局长的伏击！安安局长从此便可以天天坐在办公室那把椅子上，闭目打盹了。

我爱我家

一道歪歪斜斜的楼梯

我一直在琢磨着，要不要把我家的那道楼梯修理一下？它确实破烂得有点儿不太像话了，整个儿看上去歪歪斜斜的。栏杆有一段已经掉了下来，幽暗的光线下，凌乱地挂着些蜘蛛网，更要命的是，有好几块楼板已经松动了，踏上去吱哩吱哩地响，一不小心，就会把脚卡住，非得花上几分钟才能拔出来，不过也许你的皮鞋就永远也找不到了。在这样的楼梯里，你还得转上三个弯，才能摸进我的家。这一切对我来说，自然算不上什么，即使闭着眼睛，我也能准确而平安地回到自己的家里，

但对其他人来说，要上我的家就显得不那么容易了。记得以前，每逢周末，我总是热情地向同事们发出邀请：

“怎么样？星期天来我家乐一乐，喝两杯？”

一般地讲，这种邀请人家是不大会拒绝的。于是第二天，我便买了好些水果呀、巧克力呀，还准备了好几道菜，然后就兴致勃勃地等候客人们的光临。可是到今天为止，还没有哪个客人踏进过我的房门一步，问题就出在这楼梯上。

如果你愿意，我们就一起来看看这一幕有趣的情景吧。

在星期天的明媚的阳光里，我的客人们手里提着礼物，衣冠楚楚、有说有笑地向我家走来了：在一群漂亮而又有气派的高楼大厦中间，他们看见了我那幢可怜巴巴的老房子，脸上便露出惊讶的神色。的确，在这座现代化的大都市里，还住着这种房子的人可真是不多啦。于是，他们便带着一种怜悯的表情来到了我的家门口，并且把一只脚伸进去，打算从楼梯口走上来。

不过，当他们抬头向楼梯口望去的时候，我敢肯定，至少有一半的人把另一只脚留在了门外，因为如果谁是第一次看见我这楼梯，一定会联想起侦探小说里那种发生谋杀案的地方，阴暗神秘，深不可测！要是我家那只老猫这会儿碰巧在楼梯里溜达，黑暗中便会亮起两点幽幽的绿光和响起几声令人毛骨悚然的低鸣。这时，几乎所有的客人便会扔掉礼物，逃之夭夭。剩下几个胆大的，硬着头皮走上楼梯，结局也总是不太美妙。幸运一点儿的，脖子里掉进一两只蜘蛛，或者脑袋撞在拐弯处的墙上，礼帽成了一个扁扁的“盆子”。运气差的，就把脚卡在松动的楼板里了。好不容易把脚弄出来，皮鞋连同袜子就再也没法找到。

因此，每当我站在窗前，看着客人们身上挂着蜘蛛网，捧着扁得不像样的礼帽，赤着一只脚狼狈地跑回家去时，心里总是觉得十分内疚和难受。“是呀，该修理修理我这楼梯了，要不，就再也没有客人上我这儿来啦！”

不过我还是犹豫着，没有立即着手办这件事，因为我这楼梯虽然令客人们难堪，但它实在还有着种种特

别的妙处呢。

比如说，小偷就不大愿意光顾我的家，即使是那些踌躇满志的家伙，只要一站在我家的楼梯口，也会马上变得垂头丧气。因为他们料定住在这种楼梯上的人，绝对不会是一个富翁，因此家里也不会藏着多少钱。有些家伙起早摸黑地跑到我这儿，本想大捞一把，可是一看见我这黑咕隆咚的楼梯，和黑暗中闪烁着的那点幽幽的绿光，双脚便会簌簌地抖起来，更不用说去爬楼梯啦！

当然也会有几个精神不太正常的家伙，会异想天开地以为在这种不同寻常的地方躲着一个百万富翁，便一面胡乱地哼着一支不成调的曲子为自己壮胆，一面摸摸索索地走上楼梯。这些小偷显然习惯在黑暗中干事，但运气也不会比我的那些客人好多少，结果总是一个个丢盔弃甲，落荒而逃。最有趣的是一次半夜，我从外面办完事回来，在楼梯上和一个小偷撞在了一块儿。我以为这家伙也一定是卡住了脚，可是打开手电筒一看，嘿，这位先生也实在是倒霉透了，竟然把整个儿脑袋卡在了楼板里面！瞧他那一声不吭的样子，大概还怕被我发现呢。我又好气又好笑，像拔萝卜似的把他拔出来，然后，给这满面尘土的倒霉蛋点上一支烟，算是我做主人的一种宽宏大量的礼节吧，因为人家半夜三更地跑到你这儿来也不容易，好歹也算是一个“客人”。本来我还想邀请他上楼去喝杯咖啡的，可是这家伙居然装模作样地问我：“去伊丽莎白宾馆要往哪儿走？”他说他也许是走错地方了。于是我毫不客气地朝他的屁股上踢了一脚，让他一路骨碌碌地滚着找他的宾馆去了。

不过你要是以为这儿尽发生些令人扫兴的事，那就错了。我这楼梯上，还诞生过一部伟大的音乐作品呢！

那是有一回，我的一位音乐家朋友来拜访我。为了让我的朋友能够顺利到达我的家，我便在楼梯上点了几根蜡烛，（奇怪，我以前怎么没有想到过这么好的主意？）虽然光线仍然很微弱，但总算能让人看清两脚该往哪儿走了。做完这件事，我便放心地坐在家里，等候我的朋友到来。

约莫快到吃午饭的时候，楼梯响了起来，我的那位朋友来了。我连忙站起身，走到房间门口，打算等我的朋友从楼梯口一出现，便和他亲切地拥抱，然后共进午餐。

可是楼梯吱哩吱哩响了半天，就是不见我的朋友上来，我感到奇怪极了，便走下去看看。哈，你猜猜我看到了什么？我的朋友像一只兴奋的狗熊，正手舞足蹈地在楼梯上跳上跳下呢！

“太妙了！简直太妙了！”他使劲踏着楼梯让那种

杂七杂八的声音变得更加刺耳，“你听听，多美的旋律，多棒的节奏，而且绝对是现代派风格的！”

我像傻瓜似的站在那儿，因为除了那种吱哩吱哩的声音，我实在听不出什么名堂来。

可是我的朋友固执地说，他从我这道破楼梯里获得了灵感，他要在这儿创作一部了不起的音乐作品，并且关照我在24小时内不要来打扰他。

于是在这24小时里，我的朋友在楼梯上着了魔似的乱蹦乱跳，我呢，要出门只好用一根绳子把自己从窗口吊出去，回家时便像一只猴子似的顺着绳子爬上来。虽然用这样的方式出出进进比较麻烦，但为了友谊，即使赴汤蹈火，我也在所不惜啦。

我的朋友顺利地完成了他的音乐作品，演出的那天，还特意给我送来了一张前排的票。我坐在豪华的剧场里，心情挺激动地等待着演出的开始。终于，那些大提琴、中提琴、小提琴，以及一些吹吹打打的玩意儿在一个小老头一本正经的指挥下响起来了，可是天哪，我听见的是什么？就是我家那道破楼梯发出的声音！所以，没过三分钟，我便呼呼地睡起了大觉。

第二天，我看见几乎所有的报纸都用“伟大”“空前绝后”诸如此类的词儿来赞赏我的朋友的这部音乐作品时，心里不觉暗暗好笑起来。不过奇怪的是，从那时起，我走上我家的那道破楼梯，发现那吱哩吱哩的声音变得一点儿也不令人讨厌了，甚至还真有点儿“伟大”和动听呢！

因此，这道破破烂烂的楼梯究竟要不要修理，我到现在还拿不定主意。

一座开开关关的屋顶

关于那道破楼梯的有趣故事还有许多，但现在我要迫不及待地向你说说我家的那座屋顶了。

一说起我家的屋顶，我的心情就格外愉快起来。是的，在这座城市里，像我家这样的能随便地开开关关的屋顶，别说找不到第二家，人们连听也没听说过呢！

当然，要把一座屋顶弄成像一只箱子盖那样可以轻松地打开关上，当初确实也花费了我不少心思：那是一年的冬天，外面下着大雪，我在家里闲着没事，突然就想起小时候在雪地上捕麻雀的事儿来。那时，把一只小

竹篮用一根小木棒支起，下面撒几粒米，然后牵着系（jì）在小木棒上的细绳，远远地躲着。等小麻雀飞进竹篮下面吃米，就把细绳一拉，小木棒倒下，那些贪吃的小东西就被罩在竹篮里啦。可是我现在这么大了，再跑到雪地里去玩这种游戏，让人瞧见了就太不好意思了。于是，我就打起我的这座屋顶的主意来。

我花了三天三夜的时间，画了上百张图纸，终于想出了一个绝妙的法子，可以把屋顶在一分钟内随便打开七次和关上七次。（至于我究竟用了什么法子，我想还是保密的好，要是有人住在新公寓里也去这么干，而他家的上面还住着户人家，当他把屋顶打开时，人家如果碰巧正在数钱或者干着不想让别人知道的事儿，那可就麻烦啦！）

我就开始捕麻雀。

我找了根足够长的木棒，将屋顶撑住，在屋子中央撒上米，然后躲在大床下，乐滋滋地牵着绳子，等着鸟儿们的光临。

不一会儿，麻雀们叽叽喳喳地飞进了我的屋子，先是一只、两只，接着便是一群、两群，而且，还有许多在不断地飞进来。我乐坏了。“来吧，来吧，小乖乖，来得越多越好！”我打算等鸟儿全部飞进来后，再将它们一网打尽。

可是我很快发现情况有些不妙，大概是我这屋子里又暖和又有东西吃，好像全世界的麻雀都朝这儿飞来了！我的屋里已经停满了麻雀，还有更多的麻雀正乱哄哄地挤进屋来。我想我不需要更多的麻雀了，于是连忙拉动绳子，可是木棒并没有倒下，原来绳子早已给麻雀们啄断啦！

我只好从床底下爬出来，从麻雀群里挤过去。“对不起，女士们、先生们，请让一让！”我被这一屋子叽叽喳喳的吵闹声弄昏了头，以为这会儿自己正在挤公共汽车呢！我满头大汗地挤到木棒前，费了九牛二虎之力，才总算把屋顶关上，可是我的屋子已经成了“麻雀罐头”，我被夹在中间一点儿也不能动弹啦！

这一年冬天，天气特别寒冷。人们都在家里生了火炉，安了空调，而我却在温暖的“麻雀罐头”里，优哉（zāi）游哉地度过了这个严冬。自从有了这座能开能关的屋顶，我的生活便增添了无穷的乐趣。早晨醒来，如果我想知道天气好不好，要不要带雨伞去上班，就根本用不着去麻烦地拉开窗帘，只消躺在床上用脚把屋顶踹开，天上会发生什么事便一目了然啦。碰到天气好想晒晒被子，打开屋顶，阳光便能把被子连同床底下的灰尘都晒得暖暖和和的。

当然，有时也会发生些小小的麻烦。有一天晚上，我躺在床上，打开屋顶数起星星来，迷迷糊糊就睡着了。半夜里，突然下起了暴雨，等我醒来时，床已经在水里漂浮啦。我慌忙地在水里扑腾着，去打开通往楼梯的门，水很快地退了下去，我的家却像一个刚被洪水淹过的灾区，到处都是湿漉（lù）漉的，所有的家具都换了位置：

大床移到窗前，桌子挨着了墙，大衣橱往左“跑”了三步，书橱转了个方向……哈，这个格局不正是我一直想换而懒得换的吗？而且，所有的家具都是亮晶晶的，上面一尘不染，照得见人影儿！

最棒的是，这一夜我还差点儿学会了游泳！

从此，如果我想给家具换换位置，或者在家里搞搞卫生，只需等到下大雨的时候，把屋顶打开就行了。

夏天，我这屋顶就更能派上用场啦。每天吃完晚饭，我便将屋顶打开，让凉爽的风自由地吹进来。我躺在竹椅上，看看月亮，数数星星，真是惬意极了。

月亮上有一个寂寞的嫦娥，有一只没草吃的小白兔，还有一个倒霉的吴刚，拿着斧头砍一棵砍掉就会长出来的桂花树。这些，都是小时候祖母对我讲的。记得那时，我听完了故事，眨巴了一会儿眼睛，对祖母说：

“那吴刚真傻，干吗不把桂花树连根拔掉呢！”

祖母笑了，摸着我的头说：

“小乖乖，真聪明，以后，祖母一定把你这个主意告诉吴刚。”

后来，祖母死了。祖母说，她死了，就会到月亮上去的。于是，我就在夏天的这座打开的屋顶下，瞪大眼睛看月亮，可是我一直没有看见祖母在月亮上出现。我想一定是祖母年纪大了，腿脚不方便，这会儿，还正在通向月亮的路上走着哩。

我就开始数星星。星星真多，我数了整整一个星期才把它们数清楚，它们约莫有1500颗，但我不敢保证正好是这么个数目，因为有的星星今晚出现，明晚又不知躲到哪儿去了。我还给一些没名字的星星取了好听又快乐的名字，像“淘气小猫1”啦、“淘气小猫2”啦、“挂铃铛的哈巴狗”啦、“正在唱歌的小公鸡三姐妹”啦等等。瞧这些可爱的小家伙，在天上一定玩得很快活，也许它们正在一起捉迷藏？也许它们正在一起“丢手帕”？不过当我想到这些看上去挨得很近的星星其实离得很远时，心里又有些悲哀起来。

有一天，我大概是多喝了点儿酒吧，思维特别活跃。我突然想到：干吗不让我们的地球去靠近那些星星呢？其实这很容易做到，只消在地球的一端安上一支大爆竹，再加上一个打火机就足够了。我越想越觉得这是一个伟大的发现，于是，连夜写了一篇长长的论文，寄到一家挺权威的天文杂志去，建议航天发射中心马上扔掉那些毫无用处的航天器，采用我的方法，就能顺顺当当地完

成“地球宇宙大航行”的宏伟目标啦。我估计我的这篇论文说不定能得诺贝尔奖，因此，一个晚上都兴奋得睡不着觉。可是第二天，我却发现这爆竹加打火机的方法也许有些不妥，便又给那家天文杂志写了封信，告诉他们我现在不缺钱用，因此就不要那个诺贝尔奖啦。他们挺尊重我的意见，就没有把我的论文发表出来。

在满天星星的夏天的晚上，在这座打开着的屋顶下面，我就这样奇妙地幻想着，有时很快活，有时却很忧伤。

一个奇奇怪怪的书橱

我挺喜欢看书，我那点儿工资，除了平时吃的用的，其余都拿去买了书。以前，我把这些书堆在桌子上、床底下，或者干脆放在枕头边上。可是后来书渐渐多起来，塞来塞去挺不方便的，于是，我就想去买个书橱（chú）。

我来到大街上，走进一家家具店。

我一眼看中了一个书橱，它的样子普普通通的，上下共有五格，足够放得下我的那些书了，而且价钱也不贵。可是等我兴冲冲地付了钱，准备把它搬走时，却意外地发现书橱顶上有一个玻璃弹子那么大的洞。好好的书橱，有了这么个玩意儿，虽然不影响放书，但心里总是有点儿不太愉快。

“就这么一个啦！”当我提出调换时，老板告诉我，“这种书橱在设计的时候就有这么一个洞了，也许，它会有点儿用处呢。”

我想，这会有什么用处呢？除非积点儿灰尘，或者让小老鼠做个窝。我看看店里确实没有第二个书橱了，只好把它搬回家去。

您知道，在我家里，除了

一张床、一张桌子、一个大衣橱和几把椅子，再也没有其他东西啦。因此，当我添了这么个新书橱时，心里真是快乐极了。我顾不上吃午饭，就把书一本本整整齐齐地摆在书橱里，然后，像一个将军检阅他的军队那样，心满意足地欣赏起我的这一橱心爱的书来。我想，等下次发了工资，我一定去配两块玻璃，给我的书橱装上那种可以移来移去的门，看上去一定比现在要漂亮得多。

我开始吃午饭。

正吃着，背后突然传来几声咳嗽声。这可把我吓了一大跳，我这屋里没其他的人哪！

回头一看，嗬，原来是新买的书橱在咳嗽，这可真是新鲜事！

“喀！喀喀喀喀！”

书橱一边咳，一边前后摇晃起来，吧嗒！一本书从书橱里翻落到了地上。这是一本挺好看的小说，《王子和贫儿》，我赶忙把它捡起来，心疼地拍掉些灰尘，然后想把它插回原处。那一排放的都是些装帧精美的书，内容都是写皇帝和富翁的。我插来插去，只能插进去半本，“王子”进去了，“贫儿”却怎么也不能进去。我奇怪极了，难道这个书橱得了感冒，也变得势利起来，只看得起有钱的了？我怕硬插下去会把书弄坏，只好把它放到了几本儿童书中间去。这回很顺当，儿童既欢迎“王子”，也欢迎“贫儿”。

书橱还在咳嗽着，得给它治治病，我想。

给它打一针？或者吃几粒药片？见鬼，又不是我生病！不过我倒想起一本名叫《给不是人的东西看病》的书来。书橱当然属于“不是人的东西”啦，于是我赶紧找到了这本书，翻开一看，上面真有这么一条：

凡椅子、扫帚、拖把、各类衣服（包括外套和内衣）、书橱……得了感冒，轻度的可以让它们喝点儿加糖的牛奶；中度的再加咖啡；病情严重者，如果同时还发烧的话，则须在牛奶咖啡里放几块冰块。

这书橱看来是属于轻度的，我便在牛奶里放了点儿糖，端到书橱前。我忍不住笑了起来，给书橱喝牛奶？这真是有点儿滑稽！难道它真会喝？不过这会儿我想起那个家具店老板说的话来：

“那个洞说不定会有些用处呢！”

好吧，现在只好这么试试了。

我把满满一杯牛奶小心地倒进书橱顶上的那个小洞里，咕噜咕噜！牛奶一下子全跑了进去。很快，书橱停止了摇晃，也不咳嗽了，静静地待在那里，和买来时一模一样。

我不由得松了一

口气，看来这牛奶还真管用呢。

我坐在书橱旁边，愉快地读了一天的书。晚上，我刚想熄灯睡觉，猛然听见屋中一声巨响：

“阿嚏——！”

接着便是书掉到地上的声音。糟糕，一定是书橱又犯病了！

我连忙从床上跳起来，跑到书橱跟前。书橱这会儿正不住地打喷嚏，摇晃得比刚才还厉害。我把被书橱“丢”出来的几本书捡起来。好家伙，一本是《贝多芬》，一本是《莫扎特》，还有一本是《柴可夫斯基》，这些伟大的音乐家如今竟沦落到“尘土满面”的田地啦！我真想把这个不知好歹的书橱狠狠揍一顿，可是转念一想，它懂什么呢？它又不是人。还是给它治病吧。

我在牛奶里加了些咖啡，灌进那个小洞，书橱又变得安安静静起来。

这一夜，我怎么也睡不着，快天亮时，才迷迷糊糊合上眼。

不多久，我被一阵惊天动地的声音惊醒了，一定又是发生了那种事！果然，我看见书橱正痛苦地上下扭动着，前后摇晃着，书橱里的书噼里啪啦地往外掉。这回，它一定病得不轻，说不定还发烧了。我跑过去一摸书橱，滚烫滚烫的，烧得还不轻呢！

我手忙脚乱地倒牛奶，加咖啡，再弄来几块冰块，然后一股脑儿地倒进那个小洞里。

书橱渐渐平静下来，最后一点儿声音也没有了，我用手在上面一摸，烧也退了。

我把地上的书一本本捡起来，天哪，这个书橱一定是发烧昏了头，这回，竟然把凡不是外国人写的书全给

“扔”了出来！连那本《国宝大全》也狼狈地趴在桌子底下。

从此，我天天回到家，总是提心吊胆的，生怕书橱又犯病了。天凉了，我赶紧关上窗；外面流行感冒了，我马上给书橱灌牛奶。谢天谢地，书橱的旧病再也没有复发。

我又可以快乐而安静地看书了。

炎热的夏天到了，我在屋子里赤着膊，喝着冰镇啤酒，还是不住地出汗。我生怕书橱也热坏了，又会弄出些不愉快的事情，就往那个小洞里灌起冰凉冰凉的啤酒。几杯啤酒滋滋地钻了下去，书橱好像变得凉丝丝起来。

还是热，我从书橱里拿出一本有关非洲的书，想看看我们这儿的气温和撒哈拉大沙漠比起来究竟还差多少。我一打开书，突然一缕凉风迎面拂来，我不由得打了个寒战。我感到奇怪极了，又把书翻动了几页，随着书页哗哗地翻过，我的面前顿

时凉风习习，风里还带着些啤酒味呢！我看看手里的书，又看看那架书橱，难道……？我简直不敢相信。我又抽出几本书来，可不管它是关于非洲的，还是关于美洲的，每本书只要一打开，就变得凉气袭人！

我真是喜出望外，想不到我这书橱除了会得感冒，还有如此妙处呢！

后来，我又异想天开地往书橱顶上的那只小洞里塞了一些嫩绿的草叶、鲜红的花瓣。到了晚上，月光轻柔地洒满屋子，空气里弥漫着淡淡的花香，周围是那样安静，蟋蟀在草丛中低声地吟唱……我打开书本，凉爽的风便轻轻拂过来了……

这是一个多么美好的夏日夜晚哪！

一辆咣咣当当的自行车

在我家桌子的抽屉里，放着一张从报纸上剪下来的新闻照片：

我跨在一辆破旧的自行车上，手里举着一束鲜花，满脸尴（gān）尬（gà）地笑着：一位外国首相站在一辆敞篷轿车上，对我热情地伸出双臂……

不过你千万别以为我在向外国首相献花，我只是个普普通通的家伙，怎会有这种资格呢？其实纯属一场天大的误会。那天，我那辆自行车弄得我差点儿当众出丑，幸亏由于一种巧合，我不但没有倒霉，而且还成了一个新闻人物呢！

是的，我那辆自行车实在破旧得不成样子，它的油漆已经全部脱落，前轮小后轮大（当然，刚买来时，它们是一模一样的），一旦滚动起来，除了铃不响，其他地方全都一个劲地咣咣当当地响。骑上这种车子，自然谈不上神气和潇洒啦。

不过，我一直把它看作我家庭中重要的一员。它在风风雨雨中已经伴随我好些年，现在也没有半点儿要离开我的意思。用“朝夕相处、情深意长”这句话来形容我们的关系，那可真是一点儿也不过分！

那次，我急着要去参加一个朋友的生日聚会，一下班，急匆匆地买了一束鲜花，便骑上自行车，向朋友家赶去。

骑着骑着，我突然感到有些不对劲，马路两旁怎么有那么多人？而且每人手里都捧着一束鲜花！

奇怪，难道这些人都是去参加生日聚会的？他们干吗都用一种惊异的目光看着我？

我正胡思乱想着，那些人忽然挥动起鲜花欢呼起来。我抬头一看，妈呀，一列豪华的轿车车队正向我驶来！我赶忙刹车，可刹车却失灵了，我的亲爱的自行车咣咣当当响着，神气活现地向前方冲去。眼看就要撞上打头的那辆敞篷车啦。这时，坐在车里的一个金头发、蓝眼睛的先生看见我捧着一束鲜花，骑着一辆也许是自行车的玩意儿向他迎来，便满脸笑容地站起身，向我热情地张开了双臂……

第二天，我在报纸上吃惊地看到了那张新闻照片，下面还写着：热烈欢迎 ×× 首相访问本市，一位不肯透露姓名的先生千里迢迢赶来向首相献花。另外，还有“两国人民友谊万岁”等文字。

原来我撞上的是一位外国首相！幸亏我当时手里拿着的是一束鲜花，如果是一根棍子或者是一把玩具手枪，那后果就不堪设想啦！

我的自行车带给我的荣誉还不止这一次呢。

有这么一件事。

我也是骑着车在路上，爬上一座大桥，然后飞快地向下溜去。前面出现了一个浅坑，我可没把它放在心上，握着车把直冲过去。我的车在浅坑里震了一下，接着便是一阵咣咣当当地乱响。还好，没事！我依旧稳稳地骑在车上，还腾出一只手来，向路旁一个熟人打招呼。

“嘿，你怎么骑着一个轮子的车在跑哇？”熟人好奇地问。

“什么，一个轮子？”我低头一看，可不是，我的车子的前轮不见了！不用说，一定是刚才过浅坑时给震飞了。

“你在练杂技？”熟人又问。

“是呀……一个轮子……当然，还用说，我在练着玩儿呢！”我再也不想骑这一个轮子的车啦。熟人走远了，我便把这三分像车七分像破烂儿的玩意儿扛在肩上，顺着原路寻找另一个轮子去了。

车轮没找着，几个小朋友以为我是收废铜烂铁的，

纷纷回家拿来上面有三个洞的铁锅啦，砸得像馄饨皮的脸盆啦，有一个圆圆滚滚的小家伙还搬来了一个童车的轮子。我一看，这倒不错，正好给我的自行车安上。我就花了五毛钱，买下了这个轮子。从此，我的车就成了前轮小后轮大啦，只是骑起来那咣咣当当的声音大得像

一列老式火车！

过了几天，我骑着车经过一家商店门口，见那儿围着不少人，吵吵嚷嚷的。我好奇地挤进去：

“怎么回事？怎么回事？”

原来是两个歹徒在欺负一个小老头。我一看那两个歹徒的模样，一个比我高出半个身子，一个比我宽出半个身子。

“怎么，想管闲事？”高歹徒凶巴巴地向我走来。

可是他的同伙立刻扯住了他。“这家伙，是杂技团的，上次我亲眼见他骑着独轮车在路上飞奔，说不定他还有顶大缸、手劈砖头的功夫呢！”

杂技团的？手劈砖头？不得了不得了！一眨眼的工夫，两个歹徒便溜得无影无踪啦。

瞧，我就这样成了一个能手劈砖头的英雄！以后，只要我骑着车在路上一出现，那些大盗、小偷、地痞（pǐ）流氓一律闻风而逃，有时，这比警察还管用呢！

多少年来，我就这样住在我的家里。是的，我非常爱我的家，就像狗熊爱它的树洞，山鸡爱它的草窝一样。我的家没有鲜红的地毯、豪华的摆设，更没有一辆四个轮子的小轿车，但我是那样地感到快乐和温馨！而温馨和快乐正是我们最需要的东西。于是，我为能拥有这样的一个家而自豪和满足，尽管它只有——

一道破破烂烂的楼梯，

一座开开关关的屋顶，

一个奇奇怪怪的书橱，

一辆咣咣当当的自行车……

穿靴子的小竹子

笃、笃、笃、笃，一根小竹子在大街上走，她长得眉清目秀，身材苗条，算得上是个美人儿啦。美人儿都不喜欢待在家里，长着副俊模样，不就是让人看嘛！

小竹子的家在城外一座小山坡上，那是个僻静得可怕的鬼地方，谁都不会上那儿去。这么一来，小竹子长得再漂亮也没意思了。城里就不同了，瞧，那么多人，要是每人说一句夸奖我漂亮的话，那就该有多少句呀！

小竹子故意把脚步踏得挺响，往人多的地方走。“马上，所有的人都要注意我啦。”可是，人们似乎连瞧也不好好瞧她一眼，小竹子挺纳闷儿。这时，路旁的橱窗里有人尖叫起来：

“喂，泥腿子！”

“乡下人！乡下人！”

小竹子惊奇地一看，原来是两个涂着口红、穿着靴子的丝绒娃娃从橱窗里走出来，冲着她不怀好意地扮鬼脸呢。

小竹子这才注意到，自己赤裸着双脚，上面还沾着些泥巴。这又不能怪她，她们那儿根本没有一家鞋店，再说，难道一根竹子也要穿靴子吗？

小竹子狠狠地瞪了两个丝绒娃娃一眼，低着头走了过去。

“哟，多漂亮的人儿！”忽然，街上的人都围着两个丝绒娃娃，啧啧称赞起来：

“她们的靴子多漂亮！”

“注意，这可都是进口的！”

原来，靴子在这个城市里是最时髦的玩意儿，美人儿没有一个不穿它的，当然啰，谁不穿靴子，就算不上是个美人儿啦。这实在是件奇怪又荒唐的事儿。

“看来，我也得有双靴子才行。”小竹子平时又没有工资，这儿也没有亲戚朋友，到哪儿去弄双靴子呢？没有靴子，谁也不会说她漂亮，她这个美人儿算是白来一趟啦。

小竹子闷闷不乐地走着，无意中瞥见路旁电线杆上有张招贴，上前一看，哈，真是天无绝人之路！上面写着——

一号大街白太太，聘请晾衣竿一名，报酬从优。

“晾衣服可是我的拿手好戏。”小竹子想到挣了钱就可以去买靴子，便飞快地来到白太太家。

白太太一看小竹子的身材，十分满意。“你可以替我晾最漂亮的衣服。不过，如果你愿意同时晾些尿布的话，可以得到更多的钱，我刚添了个小娃娃。”

“晾尿布？让人瞧见太不像话啦，要知道，我可还是个女孩子呀！再说，我只要挣够买靴子的钱就行了。”小竹子就只让白太太把最漂亮的衣服搭在她身上，到阳台上晾了起来。

“我好像成了一个时装模特儿，而且还拿工资！”阳光很好，小竹子一会儿就晾干了衣服，好心的白太太

给了小竹子能买三双靴子的钱。

全城最大的靴子商店里，五花八门的靴子弄得小竹子眼花缭（liáo）乱——高跟的，低跟的；牛皮的，羊皮的；红的，蓝的……在一个垫着红丝绒的精致的盒子里，摆着一双款式新颖、做工极其考究的靴子，每只靴子上都优美地镶着一条金边，闪着太阳般的光芒。这种靴子每隔三天才出售一双，今天恰好是第一天出售。

呀，要是我穿上这双靴子，不知会有多少人来围着我看呢！一看价钱，小竹子不由得傻了眼，她挣来的钱，

只够买其中的一只！但像小竹子这样的美人儿，总不能穿那些普通的靴子吧。小竹子掏出所有的钱，买下了一只，显然这对另一只脚来说未免太不公平，但这毕竟是一只最好的靴子呀。

小竹子穿着一只靴子回到大街上，因为她还赤着一只脚，脚步声就变成了这个样：笃、笃、笃笃，这倒挺引人注意。

唰！大街上马上有一半人扭过头来（因为小竹子只穿着一只靴子呀！），又惊讶又羡慕，他们还从来没见过这么漂亮的靴子呢。于是，他们就像看仙女一样，目不转睛地看起小竹子来。

那些人只顾扭着脖子看，一会儿，脖子都扭不回来了，只好统统“向右看齐”，幸亏小竹子往另一边走去，他们的脖子才慢慢跟着复原。

小竹子得意死了！她终于听到有那么多人在说她漂亮了。“到底是城里人，人人都是那么有教养！”小竹子还想到更热闹的地方去走走，就这么回家去，太不过瘾啦。

城里最热闹的地方是跳舞厅，看门的是扑克牌里的那张“正司令”，就是那个“大怪”。他看见小竹子只穿一只靴子，就把手举到半腰，行了个“半礼”，说：“你只能一只脚在里面跳，一只脚在外面跳，这还得问问有没有人愿意和一只脚跳。”

他把头伸进门，又伸出门，“对不起，没有谁愿意和一只脚跳舞。”

小竹子可气坏了，她要去买来另一只靴子，给这个戴尖帽的怪物一点儿颜色瞧瞧！

小竹子又来到白太太家，她硬着头皮要白太太给她几块尿布晾晾，尽快地挣些钱，要是去晚了，另一只靴子给人买去怎么办？

谢天谢地，小竹子终于穿着一双靴子在大街上走了，嚓！嚓！嚓！嚓！这次，满街的人一齐扭过头来，不过这次他们谁也没能够再把脖子扭回去，因为小竹子一直向跳舞厅走去了。（那天，药店里的伤筋膏药要托熟人才能买到。）

跳舞厅门口的“大怪”一阵风似的向小竹子行了个标准礼，又一阵风似的拉

开弹簧大门，不过他只顾着伸长脖子看漂亮的小竹子，结果砰的一下，被反弹回来的大门撞了个七荤八素。

嘭嚓嚓！嘭嚓嚓！跳舞厅里，几十个美人儿穿着各式各样的靴子，起劲地跳着三步舞。突然，所有的小伙子一齐推开他们的舞伴，围住了小竹子，他们被小竹子美丽的容貌，不，美丽的靴子给迷住啦，竟然在舞厅里排起了队，只愿和小竹子跳舞。队伍在舞厅里绕了整整两圈，还多出一个人来。

“她是混进来的！”

“乡下人，不害羞！”

哟，又是那两个丝绒娃娃，冲进跳舞厅，气急败坏地向人们揭发呢。不过她们看到这么个局面，只好自己害臊地溜走啦。

小竹子把全城都轰动了！

“真漂亮！”“美人儿！”“最佳美人儿！”好听的话灌满了小竹子的耳朵，小竹子就用棉花球把耳朵堵起来，不让这些声音跑掉，以后耳朵里每天都能响着这些声音啦，而且回去后还能放出来让家里的人听听。（后来她不幸打了个喷嚏，把这些声音从鼻孔里全喷掉了，真可惜！）

这天晚上，小竹子免费住进了全城最高级的旅馆，睡在垫着21床鸭绒被的大床上，比童话里的那个豌豆公主还多出一床呢。

可是，谁会想得到呢，半夜里来了个小偷，把小竹子那双镶金边的靴子给偷走了！更不幸的是，小竹子在追那个小偷时，在楼梯口摔了一跤，扭伤了腰。

仅仅过了一夜，小竹子又不是美人儿了，走在大街上，谁也不会再来注意她。她也不能再去白太太家挣钱买靴子了，因为那些湿漉漉的玩意儿对腰伤肯定是没有好处的。回家去？这个模样，家里人会怎样笑话她呀，小竹子是个挺爱面子的女孩子。

现在，她该怎么办呢？

过了好多天，有人在一道爬满牵牛花的竹篱笆中间，看到了小竹子——她现在成了“篱笆小姐”了，身上开满美丽的牵牛花。

“我总算替自己找了个体面的职业，成了真正的时装模特儿了，只是没有工资。”

一天，来了一只蛤蟆，抬起头望着小竹子说：“你的身材不错，吃高处的虫子时可就方便多了。不过你长得瘦了点儿，建议你平时多吃些营养丰富的虫子。总的来说，你算得上是个美人儿。”

“想不到我没有了靴子，还能听到如此美妙的话！”小竹子激动得连身子也微微颤抖起来。为了表示感激和礼貌，她也夸奖了蛤蟆几句：“你一定是个诗人，你的模样够得上风度翩（piān）翩了。”他们立刻成了好朋友。

谁是木偶人

木偶剧团里闹翻天了！

木偶们躺在桌子上哇哇干哭（它们天生没有一滴眼泪）。剧团的导演，一个严厉的小老头正在大发脾气，——他的气真大呀，活像一只开足发条的玩具蛤蟆，瞪着眼满屋子乱蹦。他怎么能不生气呢？剧团里最著名的木偶——木木突然逃走了！这个忘恩负义的家伙，导演一直把它当亲生儿子看待，辛辛苦苦培养它，眼看它就要成为一个大明星啦，可是，这个平时那样听话的木偶，竟然连招呼也不打一个就溜了，只给导演留下一张无情无义的纸条：

导演先生，我不愿再做木偶了。我不喜欢别人老在我身上系根绳子，叫我怎么动就怎么动。我要到外面的世界去，干自己想干的事情。

呸！这难道是一个木偶说得出来的话吗？它要不是疯了，就一定是受到了坏人的勾引。导演把纸条撕得粉碎，最后，他决定立刻去把木木找回来，否则，木木的光辉前程可就完了。

剧团里所有的木偶都被派去寻找木木。导演在它们身上各系上一根50米长的细绳，自己坐在屋子里的沙发上紧紧拉着。这样，既可以使木偶们走在大街上不失身份，又可以防止它们头脑发昏，趁机溜走。本来，这个担心是毫无必要的，但发生了“木木事件”，导演就不得不提防着点儿。

木偶们两手空空回来了，它们在50米内没发现木木。有个木偶倒是看见过木木，不过它正在52米远的一个售货亭里买冰棍吃，所以没法走到它身边去。

找不到木木，导演挺伤心，只好给警察局打了个电话，让他们帮助找找。

导演一定是气糊涂了，他冲着电话筒激动地嚷了好半天，警察局局长才记下下面这些内容：

木木，男，有时会更短些，木偶人，或更长些，非常听话，有时也会扮女的，要它做什么，身高一米五，就做什么……

警察局局长在这一大堆乱七八糟的话中，费力地研究了半个钟头，才在“木偶人”“非常听话”这几个字下面画了一条粗粗的红线，表示这些是要寻找的逃跑者的特征。

“现在，你们去把一个叫木木的木偶人找到这儿来！”警察局局长叫来三个警察，命令他们。

“是！”三个警察立正回答，“不过，局长先生，木偶人是啥样的？”他们从来没看过木偶戏，生怕弄错了。

“木偶人嘛，也许是根木头吧，当然，也许不是根木头。”警察局局长也没看过木偶戏，他翻着电话记录说，“对了，它很听话，这很容易认出来。好，开始执行任务吧。向后转！目标，左、中、右，开步走！一、二！一、二！……”

警察们办事可真叫痛快，没半日，他们就出色地完成了任务。这三个警察，第一个叫“糊里糊涂警察”，他牵来一只邋遢的瘸腿小狗；第二个叫“清清楚楚警察”，他拎着一个木偶的衬衣后领走了进来（真不幸，这真的是逃跑的木偶木木）；第三个叫“有时清楚有时糊涂警察”，他带来了一个愁眉苦脸的小学生。

“报告，木偶人找到了！”他们一齐说。

警察局局长傻了眼，怎么同时带来了三个木偶人！

于是——

“糊里糊涂警察”报告：“我奉命去找木偶人，经过一个垃圾堆，见它（指了指蜷在墙角发抖的瘸腿狗）

正在用爪子找骨头吃，边上一个男孩唤它：‘嘿，木木，过来！’它就乖乖跑了过去。我心里一动，它叫木木，又听话，不正是我们要找的那个‘木偶人’吗？就把它

带来了。只是我有点儿糊涂，狗啥时改了名字，叫什么‘木偶人’了？”

警察局局长又翻开电话记录，眼光落在“木偶人”的“人”上，不由得大为生气。

“你可真糊涂到家啦，叫你找木偶人，你弄来一只瘸腿狗，这算哪门子事？”说完，倒霉的瘸腿狗被拎着后腿从窗口扔了出去，惨叫一声跑开了。“糊里糊涂警察”被关禁闭一分钟，禁闭室是一个零下100摄氏度的大冰箱，说这样可以让他清醒清醒。

接着，“清清楚楚警察”报告：“我看见这家伙正在旅馆登记住宿，动作古怪，形迹可疑，登记册上又写着它的名字：木木。我一下把它逮住了。这家伙还想抵赖，装出一副傻乎乎不听话的模样，说自己是从美洲来的印第安人，到这儿来买香蕉的，叫我注意点儿什么国际影响。

可是我清楚极了，这正是那个木偶人！我捏过它的胳膊，硬邦邦的，完全是地地道道的木头。”

警察局局长点头赞许。（一旁的木偶人简直要绝望了！）

恰恰在这时，“有时清楚有时糊涂警察”开口了：

“报告，我抓到的才是真正的木偶人！我一出警察局，走了1分56秒，来到一所小学校门口，一位女教师正在送这个小家伙出来。女教师说：‘木木，回家路上不要东张西望，过马路要小心，遇到红绿灯，要等绿灯亮了才能过。’小家伙走路姿势挺怪，身体挺得很直，像士兵在操练步伐。两旁有许多热闹的商店，他真听女教师的话，眼珠也不转一转，直着脖子，噔噔噔噔往前走。我想，这听话的木木不正是我们要找的那个木偶人吗？但我又糊涂了，这木偶人难道是个小学生？我想弄个明白，就悄悄跟踪着。到了十字路口，他突然不走了，眼睛望着前面的红绿灯，嘴里念着：‘老师说，要等绿灯亮了才能走。’真见鬼，现在管红绿灯的交警早已下班了，绿灯要等到明天早晨才会亮呢。现在我清楚了，他一定是那个木偶人，要不，他怎么会这么听话呢？”

警察局局长显然对“有时清楚有时糊涂警察”的报

告大感兴趣，不过现在要立即断定谁是真正的木偶人还为时过早，警察局局长是个办事严谨的人，他想出了一个绝妙的主意。

“立正！”他突然喊。嘿嘿，等着瞧吧，谁最听话，谁就是那个真正的木偶人！警察局局长实在高明。

啪！话音未落，两个木木站得笔直，就像两个神气的将军。立正对一个木偶来说，的确是件愉快的事，它可从来不喜欢弯腰屈背，而对一个小学生来说，也是太简单了，这个动作在体育课上练过好多遍。

“眨三下眼睛！”

“自己刮自己三下鼻子！”

“做怪相！”

“学小狗叫！”

……

木偶人木木刚起劲地执行了第一项命令，便觉得有点儿不妙：妈呀，差点儿上当了！他说什么我做什么，岂不要暴露身份？好不容易逃出来，再被逮回去就糟啦。它就耍起赖来，叫它刮鼻子，它扯耳朵；叫它学狗叫，它学猫叫；最后，竟嬉皮笑脸地把警察局局长的大盖帽抓下来歪扣在自己的脑袋上。于是，它被用扫帚柄在屁股上噼噼啪啪揍了四五十下，撵了出去。幸运的木偶人捂住嘴暗笑，头也不回地逃之夭夭了。

小学生木木将命令执行得准确无误。警察局局长大喜：“谢天谢地，总算把木偶人找到了！”他拍拍木木的肩膀又说：“可怜的孩子，这几天你住哪儿呢？”

“跟我妈妈住一块儿。”

“你妈妈？”警察局局长大为惊讶，这么快就给自己找了个妈妈？“你听妈妈的话吗？”

小学生木木连忙点头，“昨天晚上，妈妈说：‘木木，明天七点起床。’早晨四点，我被尿憋得不行了，可我听妈妈的话，一直憋到七点整才起床。”

警察局局长哈哈大笑：“到底是木偶人，多听话呀。不过，无论如何，你出来这么久了，应该回到自己的家里去啦。”

当木偶剧团的导演看到木木时，满脸不高兴，以为警察局局长在和他开玩笑。可是，听“有时清楚有时糊涂警察”介绍了木木的来历后，导演半信半疑地将警察局局长的方法试了一下，不由得喜出望外：“不错不错，是块天生的木偶料子，一定会成为一个出色的木偶的！”

在场的木偶们顿时嫉妒得昏了过去。

出乎意料的是，木木的爸爸妈妈居然也同意让木木去当一个木偶，因为他们觉得木偶是一个挺安全的职业，不像海员哪、探险队员哪、运动员哪，老得担心出危险。而且，还可以一直留在这个城市里，和爸爸妈妈在一起，这有多好哇！

八年过去了，除了那条瘸腿狗木木，另外两个木木都成了名人，原来的木木学会了使用计算机和下象棋，下个星期还要出国去学芭蕾舞呢！

那个小学生木木现在可成了一个真正的木偶了，他

的演技早超过了原来的那个木木，在导演的训练下，他能连翻 99 个惊险的跟头，比孙悟空还厉害。导演声称：用不了多久，小朋友们一定会忘掉《木偶奇遇记》中的那个匹诺曹，而喜欢上新的木偶大明星——木木！到那时，所有的糖果纸上都会印上木木的名字，新出生的 100 个小娃娃中，起码有 78 个取名叫“木木”。噢，对了，他主演的一个叫《木偶大王》的新戏，明天就要正式上演了，听说，每个像木木那样听话的孩子，都能得到一张票呢。

老熊换房

老熊住在山里，它有一间矮矮的石屋子，屋里屋外爬满了常青藤。一条小溪从石屋前流过，老熊可以在黄昏沿着溪岸背着手散散步；当晨风吹来的时候，屋后的小树林便送来了鸟儿们欢快的啼鸣。

老熊对它的石屋子非常满意。

这天，老熊坐在家里看画报。看着看着，它的眼睛一亮：那是一幢多么漂亮的别墅哇！鲜红的地毯，典雅的墙纸，华丽的壁灯，舒适的沙发……老熊简直看呆了。

“唉，我老熊这辈子可没福气住上这么高贵的屋子啦。”它环顾着自己这间简陋的石屋子，心里一下子悲凉起来。

老熊不到溪边去散步了，那些鸟儿的歌声听起来是

那样烦人。一种强烈的愿望日日夜夜折磨着它，它的脾气变得更加暴躁不安。终于有一天，它跑到城里，在一家晚报上登了一则调房启事，内容主要就是有谁愿意用一幢别墅和它换一间石屋子。另外，它还愿意奉送一条小溪和一片小树林。它还特意注明小树林的色彩是非常迷人的。

老熊干起傻事来比谁都傻。

有一天，老熊听见了敲门声，进来的是一位长发披肩的先生，浓密的络(luò)腮胡子使他的脸显得十分瘦削。看样子他是急急忙忙赶到这儿来的。他的鞋带都没来得及系好，散乱地拖在地上。

“这么说，您的房子还没换掉？”长发先生长长舒了口气，将一只沉重的手提箱放在地上，稍稍哈着腰上上下下打量起老熊的石屋子。

老熊感到自己的腿在发抖。不过长发先生渐渐露出满意的神色。“听说您这儿还有点儿有趣的——摆设？”

“可不是，挺灵呢。”老熊把长发先生带到屋外，唠唠叨叨地向客人介绍它的小溪和小树林的佳处，直到用完了它所知道的全部好词儿。

“嗯，很有自然之趣！”长发先生兴奋地搓着手，转身把他的手提箱拎出来，放在一块空地上。“您看看我的别墅吧。”他打开箱子，不断地向外拽着，不一会儿他就把他的别墅整个儿拿出来了。

老熊拼命眨着眼睛：这是一幢非常漂亮的别墅，和它在画报里看到的一模一样！老熊推开玻璃门，在地毯上溜达了一圈，眉开眼笑地跑出来。

他们立刻拍掌成交。长发先生便将老熊的石屋子和小树林一一卷起，放进了箱子——这的确很容易。

“这条小溪嘛，我只要这一段就可以了。”

老熊便拿来一把大剪子，将溪水特别清澈的一段剪下来，长发先生利索地卷了卷，放进了手提箱，小心地上了锁。他们道了声“再见”，长发先生便提着沉甸甸的箱子走了。

老熊在原地傻待了半天，才明白自己的生活发生了怎样的变化。“哈哈，我老熊有一幢别墅啦！”它迫不及待地从窗口爬了进去，在地毯上又唱又跳，乐得真想狠狠打自己两下嘴巴。它带着三分自豪七分敬畏，在自己的别墅里转起来。

“嗯，这是什么？咖——啡，这可是有钱人喝的东西！”老熊乐呵呵地颠了几步，从一排书橱里拿下一本厚厚的书，倒着翻了翻，尽是外国文字，它装模作样地看了几页，又插了回去，心里觉得很愉快。窗前有一架

钢琴，老熊伸出爪子，在一块块黑黑白白的地方按了几下，叮咚叮咚，不错不错，真好听。墙上挂着许多油画，大概是别墅的原主人画的，上面尽是些山哪水呀，有一张上面画的是一间小石屋，老熊觉得很像自己原先住的那间屋子，它笑了起来，觉得这位画家真有点儿——傻。

老熊转过身，瞧哇，那儿还有一间浴室！一拧水龙头，温水便哗啦哗啦地流出来，老熊爬进去，舒舒服服地洗起了热水澡。它用掉了五块香皂，喷掉了一瓶香水，浑身轻松香喷喷地“飘”进了卧室。不一会儿，老熊的整个身躯全都埋进了席梦思床里——除了它的鼻子和震天动地的呼噜声。

第二天，老熊隐隐约约好像听见有鸟儿在叫，它吓了一大跳：咋了，我不是换了房子吗？老熊坐了起来，才看到对面墙上有一只大挂钟，一只报时鸟不时从里面探出脑袋，冲着它叽叽喳喳地叫。老熊走出了卧室，坐在沙发上，喝了一杯咖啡，吞了几片面包，“啊，味道好极了。”它抹抹嘴巴，走到书橱前，拿出一本书，翻了翻，又插回去，转身用爪子在钢琴上按了几下，叮咚叮咚，不错不错真好听。别墅里阳光灿烂，老熊在地毯上翻了好几个跟头。“我老熊真是幸运，那石屋子里的阴暗日子，现在想想，真是一天也过不下去……”

第三天，报时鸟又叫了，于是……喝咖啡，吃面包……把书抽出来，放回去……弹几下钢琴，叮咚叮咚……翻跟头……洗澡，用掉五块香皂、一瓶香水……埋进席梦思床里睡觉……

第四天，吵醒……咖啡……书……叮咚叮咚……翻跟头……香皂……睡觉……

老熊的日子过得快乐又逍遥。美中不足的是，它常常感到肚子饿，很想吃点儿鲜鱼。它就走出了别墅，来到了小溪旁。以前，它常常在这儿捞鱼吃。可是小溪被剪去了一段，变成了一条干干的泥沟，只有几枚鹅卵石躺在那儿。老熊感到很遗憾。它打算去和鸟儿们寻寻开心，才想起小树林早就没了。老熊只好回到别墅里。“不错，我应该舒舒服服地待在家里，弹弹琴，读读书，看看画，过着有钱人的生活——有钱人怎么会跑到小溪里去捞鱼吃呢？”老熊似乎不太觉得饿了。

老熊现在常常坐在沙发上，呆呆地看着墙上的画。不知为什么，它觉得这些画非常好看，尤其是那幅画着一间小石屋的，会使它想起自己的那间黑咕隆咚的石屋子。它背上痒痒的时候，可以在一块突兀的石头上磨磨背，以致把石头磨得光光的，那时候，老熊就觉得又痛快又惬意。老熊又想起了那条在夕阳下缓缓流淌的小溪，那

片在清晨充满着活泼的歌声的小树林……老熊觉得，有一种奇怪的念头在不可抗拒地占领着它的心灵，这种念头甚至比以前它想要一幢别墅的念头更强烈，更使它心神不定。它开始整日整日地在房间里踱（duó）步，而且在一觉醒来时，希望看到自

己仍旧躺在那间狭小、冰冷的石屋里！

但是，这别墅里的一切，仍旧有一种不可思议的诱惑，使老熊感到一种占有者的快意和满足。于是，老熊在睡梦中便会笑出声来。

一天傍晚，老熊又听见了敲门声。接着出现了那位长发先生。他把手提箱放在门口，走进了房间。“我……到城外来画画，瞧，画了整整一箱子！时间还早，就顺便来看看您。”长发先生在沙发上坐下来，满怀深情的眼睛似乎在轻轻抚摸着房间里的一切。“您，住着觉得好吗？”

“啊，好，这别墅太好了。”老熊觉得自己的舌头有点儿发僵，它看到长发先生的脸上掠过一缕凄凉和失望的表情。

“那，您觉得……”

“石屋子？是的，它实在不错得很……”长发先生的话音有点儿发涩。

老熊心里一阵悲哀。他们默默地坐了一会儿，长发

先生便告辞了，他拎着手提箱，无声无息地消失在一片黑暗中。

那箱子沉甸甸的，下面露着一截常青藤。

所以，如果你看到一只老熊在一座别墅里烦躁不安地踱步，或者看见一位长发先生愁眉苦脸地坐在一间爬满常青藤的石屋子里，千万别感到丝毫的奇怪。

狗熊跳舞我拉琴

冬

我在森林里拉手风琴。

雪花在飞舞，树枝在低晃，松树在跳跃，鹿儿在奔跑……突然，响起一声低沉的吼叫，从我身旁的树洞里，钻出一只毛茸茸的狗熊！

“朋友，把一只正在冬眠的熊吵醒，这可不大好！”狗熊显得十分恼怒，嘴里呼呼地喘着粗气。

我向狗熊深表歉意，说我只是在这儿拉拉琴，寻找一种叫作“灵感”的玩意儿，并不想打扰它甜蜜的睡眠。

狗熊不耐烦地摆摆掌，看来它对艺术要么一窍不通，要么毫无兴趣。“你得把我带回你的家里去！”它沙哑着嗓子说，“本来可以一个冬天不吃东西，现在不行了，肚子饿得咕咕叫。这个冬天，你得管我住和吃！”

我慌忙向它解释我毫无养熊的经验，从前我只养过一只猫。况且，我家里也没什么好吃的，我甚至连一瓶

蜂蜜都没有。

狗熊眨巴着眼睛，然后露出嘲笑的神色：你想蒙（mēng）我？它的两只巨掌在我脑袋上方久久逗留着，似乎在寻找一块有趣的地方，给我来一下子。我马上明白最好不要再跟这个无赖说什么了，我知道让它在脑袋上拍一下，肯定没什么好滋味。

我来森林的时候，只背着一架手风琴。当我哭丧着脸走出森林时，身后却多了一只嘟嘟囔囔的狗熊。“真是倒霉透了，我不知道能不能吃惯你们人吃的东西！”

春

太阳一天比一天艳丽，积雪在悄悄融化，从森林那边吹来的风，也充满了温馨。

狗熊的胃口好极了！每天准时和我共进三餐，把桌上一大半的食物统统放进自己的肚子里，还整天在屋子里钻来钻去找吃的。不过，我却有些喜欢这家伙了，因为除了贪吃和有些狡猾，狗熊实在是很可爱的。尤其是当我拉起了手风琴，它便会跟着乐曲的节奏，扭动起肥胖而笨拙的身体，手舞足蹈，还不住傻笑着。这时，我常常会产生一种强烈的艺术冲动，我那首著名的《狗熊波尔卡》，就是这样诞生的。

所以，尽管冬天已经过去，狗熊却仍然乐呵呵地待在我的小小的家里，吃吃喝喝，跳跳“狗熊舞”。

好像事情是在那天早饭后发生的。

“你应该在报纸上登个广告，看看有哪个舞厅需要手风琴师。”狗熊半躺在沙发上，手里的报纸几乎遮住了它的整个脸部。

狗熊这一阵正在试图说服我为它订一瓶牛奶，它说牛奶会使一只脾气暴躁的狗熊变得温柔起来。我告诉它家里已经没有多余的钱了，于是狗熊便为我出了这么个主意。

“一个艺术家是不能随随便便跑到舞厅里去的。”我教训狗熊道，“清贫的生活，对艺术家来说是一种莫大的幸福……”

狗熊眨巴着眼睛，又露出了那种嘲笑的神色。就在这天午后，狗熊像往常那样出去散步，一直到天黑还没回来。

正当我在屋里焦躁不安地踱着步，猜想狗熊会不会

生了气，又跑回森林里去的时候，狗熊一头撞进门来。

它的脑袋上歪扣着一顶鲜艳的小花帽，怀里抱着一大包东西，“来，开饭，我请客！”它将那包东西扔在桌上，神气活现地从里面拿出半只烧鸡、一瓶酒，还有几块面包。

“你一定觉得挺奇怪，是不是？”狗熊撕了一条鸡腿，塞进大嘴巴里美滋滋地嚼着，“我也觉得奇怪，我才在

广场上跳了一会儿舞，就赚了这么多！”

原来狗熊卖艺去了！这傻瓜，竟然用艺术去换回这些东西！

“咱俩明天一块儿去，怎么样？你拉琴，我跳舞，围观的人一定比今天更多。”

我拒绝和狗熊一起去出洋相，但没有拒绝它的烧鸡——狗熊是该请请我了，它在我这儿白吃白喝了一个冬天！

烧鸡很香，味道也不错。

狗熊一定以为它真的是个舞蹈家了，因此它几乎每天都跑到广场上去，兴致勃勃地表演它的“狗熊舞”。“可惜没有音乐伴奏！”每次回来，它总是这样说，一边还不怀好意地瞧着我。

狗熊的确挺狡猾。

有一天，它塞给我一卷钞票。“嘿嘿，订牛奶，你一瓶，我一瓶。”

我在一个星期里喝光了七瓶牛奶，然后给了狗熊一台录音机，里面放着一盘磁带，那是我演奏的手风琴曲——《狗熊波尔卡》。狗熊拎着，欢天喜地地出门去了。

我既还了狗熊的情，又保持了一个艺术家的尊严，这样妙的主意，狗熊能想出来吗？

夏

门铃响了，我很不乐意地放下手风琴。

进来的不是狗熊。

“请问，著名舞蹈家狗熊先生在家吗？”来人脖子上吊着部照相机，浑身上下被太阳晒得热气腾腾，屋里的温度似乎一下子上升了10摄氏度。

“对不起，这儿没有什么著名舞蹈家。如果你今天闷得慌，想找一只狗熊拍拍照，逗逗乐儿，应该去动物园才对。如果你想进屋来乘乘凉，吹吹风扇，那么，请付电费！”

我毫不客气地把这个来历不明的家伙赶到了他应该待的地方去。

可是这混蛋居然在门外大叫大嚷，还跑到窗前，用手指头把玻璃弹得啪啪响，说他是什么报社的记者，对于我这种极不礼貌的行为，他要上法院去控告！

我气得跳到了窗前，警告他刚才犯了私闯民宅的罪，要到法院去控告的人该是我而不是他。可是我朝窗外一看就傻了眼，烈日底下排着长长的队伍，每个人的脖子上都吊着一部照相机，吵吵嚷嚷地要进屋来！

我扯下闹得震天响的门铃，在门背后加了一张桌子和七把椅子。我猜想我那亲爱的狗熊一定闹出了什么新闻。果然，一打开电视机，狗熊正在上面对着我傻呵呵地笑呢！令我吃惊的是，狗熊是站在全城最豪华的一座剧院的舞台上。

狗熊在台上，和着我的《狗熊波尔卡》跳得正欢，台下观众如痴如醉，许多年轻人在座位旁的走道上，也狂热地跳起了“狗熊舞”。我真不明白，“狗熊舞”有什么好跳的？除了滑稽可笑，一点儿艺术价值都没有！

狗熊回家的时候，得意扬扬地抱回了一大堆报纸杂志，那上面登满了它的巨幅照片。我向它鞠了半个躬，热烈祝贺它获得了“著名舞蹈家”的荣誉称号，同时又向它表示，我决不会与它“同流合污”，也就是说，以后它尽管可以跑到外面去跳它的“狗熊舞”，我情愿待在家里拉我的手风琴。

第二天，我开始手忙脚乱地接电话。

“著名天才舞蹈艺术家狗熊先生起床了吗？”

“喂，叫狗熊叔叔听电话！”

“先生，我们是野生动物保护协会，我们抗议……”

“熊皮大衣公司广告部盛情邀请狗熊先生……”

“……有请‘动物舞蹈艺术团’狗熊总经理……”

原来狗熊出了名，它在森林里的动物朋友们纷纷投在它的门下，狗熊干脆成立了一个艺术团，自己当起了总经理。我这间小屋里居然还住着一位总经理，我不禁深感荣幸！

第198个电话是打给我本人的。

“为了表彰您发现并培养了一位惊才绝艳的艺术天才，为繁荣本城的艺术事业做出了卓越贡献，市长先生决定亲自向您颁发‘三星奖章’一枚，奖金10万元……在表彰大会上，务请先生与狗熊先生同台演出……”

秋

噢，秋天真是个美好的季节，枫叶红，菊花香，一切都令人心旷神怡。

欢迎诸位到我家来玩！我们会玩得挺开心的。

对了，我和狗熊已经搬了家，这是我的名片：

著名舞蹈艺术家狗熊先生的音乐伴奏

著名手风琴演奏家

· · ·

地址：丁香别墅1号